D1389207

afgeschreven

GRAPJE, JUF WIJS?

BIBLIOTHEEK AKKRUM
Boarnswâl 15
8491 ER AKKRUM
Tel./Fax 0566 65 13 92

Terence Blacker

GRAPJE, JUF WIJS?

Illustraties: Tony Ross

facet

Antwerpen
2001

CIP GEGEVENS KONINKLIJKE BIBLIOTHEEK - DEN HAAG
C.I.P. KONINKLIJKE BIBLIOTHEEK ALBERT I

Blacker, Terence

Grapje, juf Wijs? / Terence Blacker [vertaald uit het Engels door
Marie-Louise van As]. – Antwerpen: Facet, 2001   .
Orig. titel: You're Kidding, Ms Wiz
Oorspronkelijke uitgave : Macmillan Children's Books, London 1996
ISBN 90 5016 311 4
Doelgroep: Heksen, humor
NUGI 220

Wettelijk depot D/2001/4587/3
Omslagontwerp: Tony Ross

Copyright © tekst Terence Blacker 1996
Copyright © illustraties Tony Ross 1996

Eerste druk maart 2001

*All rights reserved. Without limiting the right under copyright reserved
above, no part of this publication may be reproduced, stored in or
introduced into a retrieval system, or transmitted, in any form or by any
means (electronic, mechanical, photocopying, recording or otherwise),
without the prior written permission of both the copyright owner and the
above publisher of this book.*

Een erg betreurenswaardige mededeling

Een lange vreemdeling in een donker pak had de hele dag bij de klaslokalen en in de gangen van de Sint-Barnabasschool rondgehangen.

Hij was met een vreemde, afwezige glimlach op zijn gezicht de lerarenkamer in en uit gelopen. Tijdens de lunch had hij met het schoolhoofd, meneer Bertrand, in de eetzaal gezeten. Daar had hij met zijn eten zitten spelen en ernstig geknikt terwijl de oudere man tegen hem praatte.

Hij zat achterin de klas van juffrouw Geurts op het moment dat de vijfde klas voor de middaglessen terugkwam. Toen Karin Smid en Lisa Teuling naar hem glimlachten, noteerde hij iets op het schrijfblok dat voor hem lag.

Daarna vroeg Jeroen Verhaag, die altijd al een beetje een grote mond had gehad, of hij een schoolinspecteur was.

De vreemdeling staarde hem met zijn grijze ogen strak aan, waarna hij antwoordde: 'Niet echt.'

'Wie is die rare?' mompelde Jeroen toen hij naast zijn beste vriend Dikkie Hendriks ging zitten.

'Hij is net een buitenaards wezen,' vond Dikkie.

Juffrouw Geurts liep naar binnen. Op de een of andere manier leek ze bleker dan anders en negeerde ze de man in het pak die achterin de klas zat.

'Vandaag houden we tien minuten eerder op met de les,' zei ze. 'Meneer Bertrand heeft een mededeling voor de hele school.'

Een mededeling? Aan het einde van de dag in plaats van aan het begin? De kinderen uit de vijfde klas keken elkaar aan. Het was allemaal erg vreemd.

En het zou nog veel vreemder worden.

'Ahum.' Meneer Bertrand stond voor de hele school in de aula. Hoewel hij klein was, straalde hij gewoonlijk een soort levenslustig gezag uit. Maar vandaag zag hij er moe, stoffig en oud uit. De lange vreemdeling in het donkere pak, die bij hem in de buurt stond, leek boven hem uit te torenen.

'Nou, ik neem aan dat jullie je allemaal afvragen waarom jullie hier vandaag bij elkaar moesten komen.' Meneer Bertrand huiverde. 'Dat is omdat ik een heel belangrijke, heel betreurenswaardige mededeling heb.' Na een korte aarzeling haalde hij diep adem. 'Vanmorgen hebben jullie ouders een brief ontvangen. Daar staat in–' Met een plotselinge beweging haalde het schoolhoofd een zakdoek uit zijn zak. Luid snoot hij zijn neus. Toen hij opkeek, waren zijn brillenglazen beslagen. 'Er staat in dat de Sint-Barnabasschool aan het einde van het schooljaar zal sluiten.'

De kinderen in de aula hapten naar adem. Fluisterend begonnen ze door elkaar te praten.

'Maar waarom dan?' vroeg Karin, die met de rest van de vijfde klas rechts van meneer Bertrand tegen de muur stond geleund.

'Waarom?' Het schoolhoofd slaakte een lange, diepe zucht. Even leek hij te zijn vergeten wat hij wilde zeggen, totdat de lange vreemdeling die naast hem stond zijn keel schraapte. Meneer Bertrand wierp een blik in zijn richting.

'Misschien kan meneer Achterberg, de plaatselijke ambtenaar van de onderwijsdienst, uitleggen waarom Sint-Barnabas moet sluiten.'

De ambtenaar deed een stap naar voren. Hij sloeg zijn handen in elkaar, keek naar de kinderen, en ontblootte toen zijn tanden. Dat laatste deed hij op dezelfde manier als iemand die een cursus glimlachen heeft gevolgd, maar dat nog niet helemaal onder de knie heeft. 'Natuurlijk is het uiterst betreurenswaardig wanneer een onderwijsinstituut gedwongen is om te sluiten,' zei hij monotoon.

'Ja, hij ziet er érrug bedroefd uit,' mompelde Lisa.

De ambtenaar keek geïrriteerd naar de vijfde klas. 'Niet dat ik dit echt als een sluiting beschouw. Het is eerder een gevolg van het besluit van ouders om hun kinderen naar een andere school te sturen.'

'Waar heeft hij het over?' vroeg Karin.

Weer zweeg de ambtenaar even. Voordat hij zich weer tot zijn publiek richtte, keek hij dreigend naar de rij kinderen uit de vijfde klas. 'Daarom is er, na veel gewetensonderzoek, een besluit genomen.'

'Hij heeft niet eens een geweten om te kunnen onderzoeken,' zei Jeroen.

'Dus, vanaf het volgend schooljaar' – de ambtenaar begon harder te praten – 'zullen de leerlingen van deze school worden opgenomen in een andere school: Brakkenhorst.'

'*Brakkenhorst*, blèèh!' zei Dikkie luid, net alsof hij zojuist in iets vies had getrapt.

'Natuurlijk zijn we bereid om naar jullie ouders te luisteren, maar ik moet erbij vermelden dat er iets erg buitengewoons nodig zal zijn om ons van gedachten te doen veranderen.'

Dikkie stootte Jeroen aan. 'Iets erg buitengewoons,' fluisterde hij. 'Misschien is dit iets voor juf Wijs.'

'Ja!' Een aantal kinderen uit de vijfde klas hoorde wat Dikkie zei. Het gefluister ging de rij af: 'Juf Wijs, dit is iets voor juf Wijs, we gaan juf Wijs zoeken.'

De ambtenaar was opgehouden met praten en stond nu naar Dikkie te staren.

'Misschien mogen we allemaal horen wat je te zeggen hebt,' zei hij hatelijk. 'Wie of wat is wijs?'

'Eh, ja, wijs, eh...' Na een korte aarzeling glimlachte Dikkie plotseling. 'Ik zei alleen maar dat het wijs is als ik nu even naar de wc ga, want ik moet heel nodig,' zei hij.

De ambtenaar zuchtte. 'Ik begrijp het. Nou, goed dan.'

Met een knipoog naar Jeroen stond Dikkie op. Hij liep de aula uit en de gang door naar zijn klaslokaal, waar hij treurig achter zijn tafeltje ging zitten en zijn gezicht in zijn handen begroef. 'Naar Brakkenhorst,' kreunde hij. 'Niet te geloven.'

11

'Slechte voorstelling, hè?'

Dikkie keek op. Op de lessenaar van juffrouw Geurts zat een rat naar hem te glimlachen. 'Ja, knul, ik ben het,' zei de rat.

Dikkie had nog maar één keer in zijn leven een pratende, glimlachende rat gezien. Die heette Herbert en was van juf Wijs.

'Herbert?' zei Dikkie.

'Tot je dienst, ouwe jongen,' was het antwoord.

'Die goeie ouwe juf Wijs.' Dikkie schoot opgelucht in de lach. 'Ze heeft altijd gezegd dat ze overal naartoe zou gaan waar een beetje tovenarij nodig is. We dachten dat ze niet meer in de buurt was. We hebben haar al twee jaar niet gezien. Ze moet gehoord hebben dat Sint-Barnabas in de problemen zit. Daarom heeft ze jou gestuurd om erachter te komen wat–'

'Doe niet zo stom.' De rat lachte. 'Juf Wijs bestaat niet meer. Ze heet nu mevrouw Dolores Arens.'

'Bedoel je...?'

'Inderdaad. Getrouwd,' zei Herbert. 'Levend getrouwd. En het ergste van alles–'

Op dat moment klonken er kinderstemmen
in de gang.

'Gauw,' zei Dikkie, die Herbert vastpakte en
hem in zijn jaszak stopte.

De deur werd opengegooid. 'Dus dat was
het dan,' zuchtte Jeroen, gevolgd door de rest
van de vijfde klas. 'Ze gaan de beste school
ter wereld sluiten.'

'Misschien,' zei Dikkie. 'Maar misschien ook
niet.'

HOOFDSTUK TWEE

Toverrust

Er waren maar weinig mensen die Dikkie en Jeroen aanstaarden toen ze na school de Hoofdstraat afliepen. Dat was erg vreemd, want Herbert de rat zat op Dikkies rechterschouder.

'Ik neem aan dat mensen zich liever met hun eigen zaken bemoeien,' zei Jeroen toen Dikkie hem daarop attent maakte.

'Of ze willen gewoon niet in hun vinger worden gebeten,' meende Herbert. 'Ik kan het niet uitstaan wanneer mensen me als een soort huisdier behandelen. Volgende straat links, ouwe jongen.'

Ze sloegen een smalle straat in waar bomen langs stonden. Aan het einde daarvan zagen ze tussen twee grotere huizen een klein huisje staan. Het was bijna onzichtbaar door de rozen en de klimop. Dikkie keek naar het houten bordje op het tuinpoortje. 'Toverrust,' las hij. 'Dat is een gekke naam voor een huis. Ik vraag me af wat het betekent.'

'Wanneer mensen met pensioen gaan, noemen ze hun huizen "Avondrust",' zei Jeroen. 'Juf Wijs laat de wereld zeker weten dat ze is opgehouden met toveren.' Hij liep het korte tuinpad af en drukte op de deurbel. 'Maar dat zullen we nog wel eens zien.'

Vanuit het huisje klonk het geluid van naderende voetstappen. De deur vloog open.

'Hoi!'

De vrouw die in de deuropening stond had het lange, donkere haar van juf Wijs. Ze had de ietwat verbaasde blik die juf Wijs altijd had. De zilveren maantjes die aan haar oren bungelden, waren precies het soort oorbellen dat juf Wijs ooit zou hebben gedragen. Toch was ze op een vreemde manier anders.

'Eh, juf Wijs?' zei Jeroen nerveus.

'Jeroen!' De vrouw lachte van plezier. 'Natuurlijk ben ik het.' Voordat Jeroen weg kon lopen, boog ze zich naar voren en gaf ze hem een kus op zijn wang. 'Mwa,' zei ze luid.

Jeroen deed een stap naar achteren en veegde over zijn wang.

'Zie je wat ik bedoel?' mompelde Herbert tegen Dikkie. 'Ze is een normaal mens geworden.'

'Dikkie!' Juf Wijs stond net op het punt om Dikkie te kussen toen ze Herbert op zijn schouder zag zitten. 'Ben jij er ook, kleine deugniet?'

'En je laat het uit je hoofd om me te kussen, begrepen?' waarschuwde Herbert haar.

'Mwa!' Herbert negerend, kuste juf Wijs Dikkie, waarna ze zich omdraaide en het huisje in ging. 'Kom binnen, kom binnen. Wat is dit een leuke verrassing.'

'Zeg dat wel,' vond Dikkie. Hij wierp Jeroen een blik toe en volgde juf Wijs naar binnen.

'Ik ben bang dat het hierbinnen een beetje een rommeltje is,' zei juf Wijs terwijl ze hen door een klein gangetje de keuken in leidde. 'We zijn net klaar met het behangen van de benedenverdieping. Hoe vinden jullie de lilakleur die we gekozen hebben? En wat zeggen jullie van deze ingebouwde keukenkastjes?'

De kinderen keken haar verbijsterd aan.

'Voelt u zich wel goed, juf Wijs?' vroeg Dikkie.

'Ja, natuurlijk,' antwoordde juf Wijs. 'Waarom vraag je dat?'

Jeroen tilde Herbert van Dikkies schouder en zette hem op de grond. 'Al dat gekus en gedoe over prachtige, beeldige lila keukenkastjes – op de een of andere manier is dat niets voor u. U bent zo... huiselijk geworden.'

'Ja, oost west thuis best,' glimlachte juf Wijs.

'Wat is er met al die toverkracht gebeurd?' vroeg Jeroen. 'Vroeger vond u het leuk om in een oude, krakkemikkige auto rond te zweven en die in een–'

'Tegenwoordig is er een ander soort toverkunst,' zei juf Wijs snel. 'De toverkunst om de vrouw van Bram Arens te zijn. Hij komt zo thuis.'

'Dus dat is het enige wat u tegenwoordig doet?' vroeg Dikkie. 'Een beetje in uw prachtige, beeldige lila keuken rondhangen en wachten totdat uw man thuiskomt? Tjonge, wat bent u veranderd.'

'Eigenlijk,' juf Wijs glimlachte toen ze een la in de keukentafel opentrok en er een schrift uit trok, 'heb ik een nieuwe baan.'

Ze gaf het schrift aan Dikkie. 'Ik word schrijfster. Ik ga mijn levensverhaal vertellen. Het wordt een bestseller.'

Dikkie las de woorden op de kaft van het schrift hardop voor. *'Abracadabra – De Memoires van een Paranormale Arbeider.'*

'Spannend, hè?' zei juf Wijs.

'Ja, geweldig,' mompelde Dikkie. 'Dus in plaats van toverkunstjes te doen gaat u erover schrijven.'

'Precies. Ik weet dat ik schrijven ontzettend leuk zal vinden.'

'Het is heel erg jammer dat u met pensioen bent gegaan,' vond Jeroen. 'We konden wel een beetje tovenarij gebruiken na de verrassing die we vandaag hebben gekregen.'

'Verrassing.' Juf Wijs stak een vinger op. 'Dat is waar ook. Ik heb een kleine verrassing voor jullie.'

Ze liep de keuken uit en rende de trap op.

'Ze luistert niet,' zei Dikkie. 'Concentratie

was nooit echt haar sterkste kant, maar nu al helemaal niet.'

'Ja, het draait alleen maar om ikke, ikke, ikke,' vond Jeroen.

'En hier is mijn verrassing.' Juf Wijs stond in de deuropening. Ze droeg een klein bundeltje witte kleren.

'Ik geloof mijn ogen niet,' zei Jeroen.

'Een *baby*?' vroeg Dikkie.

'Zeg eens dag tegen Wouter,' zei juf Wijs. 'Ook wel bekend als Wijsneusje.'

Jeroen en Dikkie hadden nog nooit een klein broertje of zusje gehad. Terwijl ze naar Wouter stonden te kijken, gedroegen ze zich even op een manier zoals ze andere mensen hadden zien doen wanneer er een baby was. Ze kietelden zijn buikje. Ze knepen in zijn kleine teentjes. Ze maakten gekke geluidjes.

'Wie wil Wouter even vasthouden?' vroeg juf Wijs uiteindelijk.

De jongens keken elkaar aan.

'Eh, nee, juf Wijs,' zei Dikkie. 'Ik ben niet zo gek op baby's, om eerlijk te zijn.'

21

'Ik ook niet,' antwoordde Jeroen snel. 'Misschien laat ik het wel vallen.'

'Hèt? Doe niet zo stom.' Juf Wijs gaf de baby aan Jeroen. 'Wouter is geen ding, hoor.'

Jeroen keek neer op het kleine wezentje. Intussen ging Juf Wijs een ketel water opzetten. 'Wat een leuke baby, zeg,' zei hij. Wouter glimlachte naar hem.

'Laat mij eens even,' zei Dikkie, die zijn armen naar hem uitstrekte.

'Ga weg,' protesteerde Jeroen, terwijl hij de baby nog wat steviger vasthield. 'Jij mag zo meteen.'

'Rustig aan, jongens.'

Jeroen en Dikkie keken eerst elkaar en toen de baby aan. Het stemmetje leek van Wijsneusje zelf te komen.

'Jullie hebben gehoord wat de dame zei – ik ben geen ding.' Wouter knipoogde opzettelijk.

'Juf Wijs.' Jeroen fronste zijn wenkbrauwen. 'Ik geloof dat u een betoverende baby hebt.'

'O, dank je, Jeroen,' zei juf Wijs.

'Nee, ik bedoel een *betoverende* betoverende baby.'

'Hij moet zo dadelijk een schone luier om,'
zei juf Wijs. Ze pakte Wijsneusje en legde hem
voorzichtig in een wieg bij het raam. 'Niet
alles hoeft vreemd en wonderbaarlijk te zijn,
hoor.'

'Nee,' vond ook Dikkie. 'Natuurlijk niet.'

'Nu hebben jullie me nog niet verteld wat
die verrassing is,' lachte juf Wijs.

'O, eh ja, onze verrassing,' zei Jeroen. 'Nou,
gisteren kregen we een bezoekje van een rare
snuiter uit het heelal.'

'Rare snuiter?'

'Hij bleek een ambtenaar van de
onderwijsdienst te zijn.' Zittend op de rand
van de keukentafel, vertelde Jeroen alles wat
er die dag was gebeurd. Hoe Sint-Barnabas
zou samengaan met Brakkenhorst.

'*Brakkenhorst*?' Juf Wijs keek geschokt.

'Precies,' riep Jeroen. 'We hebben dus
dringend uw hulp nodig.'

'Hmm.' Diep in gedachten verzonken
ijsbeerde Juf Wijs door de keuken. 'Ik denk
dat ik wel een paar brieven zou kunnen
sturen,' zei ze uiteindelijk. 'Om te zeggen wat
een geweldige school Sint-Barnabas is.'

'Dat zijn alleen maar woorden, juf Wijs,'
antwoordde Dikkie. 'We bedoelden iets
paranormaals.'

'Paranormaals?' Juf Wijs zuchtte. 'Ik weet
niet of dat nou wel zo'n goed idee is. Toen
ik met Bram trouwde, heb ik beloofd dat ik
me niet meer met tovenarij zou bezighouden.'

'Maar juf Wijs,' smeekte Jeroen.

Juf Wijs stak beide handen op. 'Beloofd is
beloofd.'

'Morgen is er bij Dikkie thuis een
bijeenkomst voor de ouders,' zei Jeroen.
'Misschien zou u als moeder kunnen komen.
Wat vind jij, Dikkie?'

Dikkie leek in de richting van Wijsneusje te staren. Een sneeuwwitte luier zweefde boven de wieg en vanuit de andere kant van de keuken klonk zacht gezoem.

'Hm?' Dikkie richtte zijn aandacht weer op het gesprek. 'Juf Wijs, gelden uw beloften ook voor Wouter?' vroeg hij.

Maar juf Wijs leek niet te luisteren. 'Ik zal Bram vragen of hij op Wouter kan passen,' zei ze, terwijl ze opstond. 'Hij komt zo thuis. Ik kan Wijsneusje beter nu meteen verschonen.'

'Ik denk dat u te laat bent,' mompelde Dikkie.

HOOFDSTUK DRIE

Geen tovenarij meer?

Langzaam liep juf Wijs terug naar de keuken.

'Normaal of paranormaal?' mompelde ze tegen zichzelf. 'Vrouw of vreemde vogel?'

'Vrouw *en* vreemde vogel.'

Juf Wijs keek naar beneden en zag Herbert de rat op een van de keukenstoelen zitten.

'Je hoeft niet te veranderen alleen maar omdat je getrouwd bent,' zei hij. 'Voor de buitenwereld mag je dan mevrouw Arens zijn, maar intussen ben je toch nog gewoon juf Wijs, Paranormale Arbeider.'

'Pardon, Herbert,' zei juf Wijs. 'Ik denk niet dat ik een preek van een rat nodig heb.'

'Denk aan Sint-Barnabas. Aan al je vrienden die daar zijn. Dikkie, Karin, Jeroen, Lisa, arme, verlegen Nabila—'

'Maar je weet dat Bram een hekel heeft aan

tovenarij,' zuchtte juf Wijs. 'Hij vindt het niet
normaal om een vrouw te hebben die kan
vliegen en toverspreuken uitspreken en tegen
haar rat praten.'

'Wat ontzettend ouderwets,' vond Herbert.
'Ach, nou ja, als je het voldoende vindt om
alleen maar zijn vrouwtje te zijn–'

'Genoeg!' Juf Wijs sloeg met de palm van
haar hand op de keukentafel. 'Ik heb al eens
eerder gezegd dat ik je naar de dierenwinkel
breng als je je niet als een gewone rat
gedraagt.'

'Gewoon,' bromde Herbert terwijl hij naar het poppenhuis in de hoek liep waar hij woonde. 'Opeens moet alles normaal zijn.'

'Ja, inderdaad.' Juf Wijs pakte haar schrift. 'Ik word trouwens wel wat meer dan alleen een vrouwtje. Ik word een heel bekend schrijfster die betoverende boeken schrijft.'

'In je dromen, Dol.'

De stem kwam van de andere kant van de keuken, waar Wouter over de rand van zijn kinderwagen leunde. 'Die kinderen hebben echte tovenarij nodig om hun school te redden, geen toverkracht uit boeken.'

Juf Wijs kreunde. 'Het is hier een gekkenhuis aan het worden,' verzuchtte ze. 'En ik heb je gezegd dat je me geen Dol moet noemen. Als je zo nodig wat tegen me wilt zeggen, noem me dan tenminste mama zoals andere baby's.'

'Tuurlijk, Dol,' antwoordde Wijsneusje.

'Ik laat me hier in mijn eigen keuken niet door mijn baby en mijn rat de wet voorschrijven,' zei juf Wijs streng. Ze opende de tuindeur en duwde de kinderwagen in de schaduw van een boom.

'Ga jij maar een middagdutje doen, terwijl ik aan mijn boek werk.'

'Je vond het wel goed dat ik tovenarij gebruikte om mijn luier te verschonen,' mompelde Wijsneusje.

'Dat is iets heel anders.' Juf Wijs kuste Wouter en ging terug naar de keuken, waar ze aan tafel ging zitten. Ze pakte het schrift, sloeg het bij de eerste bladzijde open en begon te lezen.

Ooit was ik een Paranormale Arbeider. Bijna iedere dag deed ik wel iets wat echt behoorlijk betoverend was. Soms vloog ik rond op mijn stofzuiger. Ook veranderde ik leraren wel eens in ganzen of reisde ik terug in de tijd of was ik een middag premier. Ooit heb ik wel eens mijn magische VISSEN-poeder gebruikt om personages uit boeken tot leven te brengen.

Maar dat was toen en dit is nu. De afgelopen twee jaar ben ik gewoon mevrouw Arens geweest, vrouw van Bram Arens en moeder van Wouter, een gelukkig,

gewoon, onbetoverend persoon. Ik heb
genoeg aan mijn gezin en mijn mooie huis.
Toverspreuken of tovenarij zijn niet meer
nodig.

Met een vermoeide glimlach legde juf Wijs
het schrift op tafel. Het probleem was, zo
dacht ze bij zichzelf, dat ze wel toverspreuken
en tovenarij nodig had. Toverspreuken
konden Sint-Barnabas openhouden. Tovenarij
zou haar helpen haar boek tot leven te
brengen. Ze had het idee dat haar avonturen

op papier nooit zo spannend leken als ze in het echt waren geweest, hoe hard ze ook haar best deed.

'VISSEN-poeder,' zei ze nadenkend tegen zichzelf. VISSEN betekende Verlos Illustraties Sprookjes Strips En Novellen. 'Ik vraag me af of het mijn boek ook tot leven zou brengen.' Ze schudde haar hoofd. 'Nee, beloofd is beloofd.'

Toch liep ze langzaam naar de keukenkast, net alsof ze in trance was. Intussen mompelde ze zachtjes tegen zichzelf: 'Maar misschien zou een beetje privé-tovenarij niks uitmaken.' Ze haalde een klein flesje uit de kast waar 'VISSEN-poeder' opstond en strooide de inhoud zorgvuldig over iedere bladzijde van haar schrift.

Net toen ze klaar was, ging de deur open.

'Hoi, Dolores, ik ben thuis.' Bram Arens stond in de deuropening. Hij was lang en donker en droeg een bril waardoor hij er serieus, moe en uilachtig uitzag.

'Hoi, Bram.' Juf Wijs kuste haar man.

'Drukke dag gehad?'

'Nogal, ja,' zei juf Wijs. 'Een paar van mijn oude vrienden van Sint-Barnabas zijn langs geweest. Blijkbaar bestaat er het plan om de school te sluiten.'

'O jee,' zei Bram ongeïnteresseerd. 'Waar is Wouter?'

'In de tuin. Energie aan het verzamelen om de hele nacht wakker te blijven.'

'Hmm.' Achteloos pakte Bram Arens het schrift van juf Wijs en keek naar de bladzijden.

Er klonk zacht gezoem in de keuken. Voor de ogen van juf Wijs werd Bram door een soort wolk omhuld. Toen die wegtrok, zag ze iets verbazingwekkends.

'Dus geen tovenarij meer?' lachte Herbert zachtjes in de hoek.

'Niet te geloven,' zei juf Wijs. 'Dus *dat* is wat het VISSEN-poeder precies doet.'

HOOFDSTUK VIER

Wat een leuke kinderen

Dikkie, Lisa, Jeroen en Karin zaten in een hoekje van Dikkies huiskamer naar hun ouders te kijken die een actieplan opstelden om Sint-Barnabas te redden. Ze zaten al een half uur te praten. Tot nu toe was er nog geen plan opgesteld en de enige actie die er was geweest, was toen meneer Hendriks, Dikkies vader, zijn thee had gemorst. Dat was gebeurd toen hij zwaaiend met zijn armen iets had staan vertellen.

'Ik zeg alleen maar dat we de juiste kanalen moeten gebruiken,' zei meneer Hendriks. 'Nou ken ik toevallig een paar hoge pieten in de gemeenteraad. Als jullie willen, kan ik misschien wat regelen en bij het onderwijscomité een motie indienen.'

'O Egbert,' zuchtte mevrouw Hendriks. 'Jij en je moties.'

Mevrouw Teuling, Lisa's moeder, stak
zenuwachtig haar hand op. 'We hebben toch
zeker een petitie nodig? Een heleboel
handtekeningen.'

'Popsterren,' zei Jeroens vader, meneer
Verhaag, plotseling. 'Popsterren komen altijd
op voor hopeloze gevallen.'

'Wat denken jullie van een feest?' stelde
mevrouw Smid, Karins moeder, voor. 'We
zouden allemaal een enorm groot, fantastisch
knalfeest kunnen organiseren om geld in te
zamelen.'

'Typisch,' bromde meneer Smid, die naast haar zat. 'Echt iets voor mijn vrouw om een reden voor een feestje te verzinnen.'

'Ik heb tenminste nog iets bedacht,' snauwde mevrouw Smid. 'Het enige waar jij ooit aan denkt is naar het café gaan.'

'Orde! Orde *alstublieft*!' Meneer Hendriks sloeg met zijn vuist op tafel. 'Ik verklaar deze vergadering voor geopend. Iedereen die voor het indienen van een motie is, steekt zijn hand op.'

Er begonnen zich meer mensen met de discussie te bemoeien.

'Wie zei dat hij de voorzitter is?'

'En mijn idee voor een feest dan?'

'Kent iemand een paar popsterren?'

De ouders maakten zoveel kabaal dat niemand behalve Dikkie de deurbel hoorde. Ze hadden het zo druk met praten dat gedurende enkele seconden niemand merkte dat er nog iemand bij was gekomen. Die persoon stond nu in de deuropening van de huiskamer.

'Hallo, wie is dit?' vroeg meneer Hendriks uiteindelijk.

'Dit is mevrouw Arens,' zei Dikkie. 'Ze is als moeder van een toekomstig Sint-Barnabaskind naar de bijeenkomst gekomen.'

'Dat is mevrouw Arens helemaal niet,' lachte mevrouw Teuling. 'Dat is juf Wijs. Ik zou haar overal herkennen.'

'Wijs? Die toverheks?' Meneer Hendriks fronste zijn wenkbrauwen en sloeg zijn armen over elkaar. 'Ik wil niks te maken hebben met paranormale hocus-pocus. Ik ben een fatsoenlijk man.'

'En ik ben een fatsoenlijke vrouw,' zei juf Wijs glimlachend. 'Ik ben zelfs moeder. Fatsoenlijker kan niet.'

'Juf Wijs is getrouwd en de magie is verdwenen,' legde Jeroen uit.

'Ik ken het gevoel,' mompelde mevrouw Smid, terwijl ze haar man een blik toewierp.

'Hoe oud is uw baby?' vroeg mevrouw Teuling.

Juf Wijs glimlachte. 'Hij is bijna een jaar, maar hij is zijn leeftijd al ver vooruit.'

'Zeg dat wel,' mompelde Dikkie.

'Ik vroeg me af of er tijdens de schoolbazar

een Mooie-Babyverkiezing wordt gehouden,' informeerde juf Wijs.

'Dat gebeurt altijd,' wist mevrouw Teuling haar te vertellen. 'Maar wat heeft dat met de redding van Sint-Barnabas te maken?'

'Ik denk dat ik Wouter daarvoor inschrijf,' zei juf Wijs vastberaden. 'En is er ook een boekenkraam?'

'Daar ben ik verantwoordelijk voor,' antwoordde mevrouw Verhaag. 'Tweedehands boeken zijn altijd welkom.'

'En nieuwe?' vroeg juf Wijs. Ze stak haar hand in de tas die over haar schouder hing en haalde er haar paarse schrift uit.

Toen ze het schrift opensloeg, stootte Jeroen Dikkie aan. 'Ze draagt zwarte nagellak,' fluisterde hij. 'Je weet wat dat betekent.'

Juf Wijs hield het schrift voor de ouders open. 'Ik vroeg me af of er een markt voor mijn memoires zou kunnen zijn.'

'Zwarte nagellak,' zei Dikkie zachtjes. 'Misschien is de magie toch niet verdwenen.'

Op dat moment klonk er vreemd gezoem en vulde een dichte mist de kamer.

'Boeken en baby's,' mompelde meneer Hendriks. 'Ik heb nog nooit zoiets... *Waar is mijn mammie!?'*

Toen de mist optrok, zagen ze iets heel vreemds. In plaats van zeven ouders stonden er nu zeven kinderen, onder wie een klein, dik, huilend jongetje. De rest keek verward om zich heen.

'Hè?' Jeroen keek verbijsterd. 'Wat gebeurt hier?'

'Het is gewoon een experiment, Jeroen.' Juf Wijs glimlachte. 'Ik had je toch al gezegd dat mijn verhalen betoverend zijn.'

'Maar wie zijn die mensen?' vroeg Dikkie.

'Dat zijn jullie ouders,' antwoordde juf Wijs. 'Wanneer ik wat toverpoeder op de bladzijden doe, lijkt mijn schrift de lezers naar hun kindertijd terug te brengen.'

'Waar is mijn mammie!?' Het kleine, ronde gezicht van meneer Hendriks was zo rood als een tomaat geworden.

'Je vader is best wel lief,' zei Jeroen tegen Dikkie.

Ongelovig schudde Dikkie zijn hoofd. 'Hij is

zelfs dikker dan ik. En hij heeft altijd tegen me gezegd dat hij als kind dun was.'

'Hij lijkt in ieder geval zijn motie vergeten te zijn,' merkte juf Wijs op.

'Moet je mijn ouders eens zien,' fluisterde Karin. 'Ze houden elkaars hand vast. Dat heb ik hen nog nooit zien doen.'

Meneer Hendriks had zich tot Dikkie gewend. 'Heb *jij* mijn mammie misschien gezien?' snikte hij verdrietig.

'Oma? Ik bedoel, je moeder? Eh, niet sinds kerst, nee.'

Weer liepen de ogen van meneer Hendriks vol tranen.

'Juf Wijs, dit wordt me allemaal een beetje te vreemd,' zei Dikkie. 'Ik kan er maar niet aan wennen dat ik vier jaar ouder ben dan mijn vader.'

'Zeer interessant.' Juf Wijs zat op een stoel toe te kijken.

'Wat een leuke kinderen.' Ze zuchtte. 'En toen werden ze volwassen.'

'Maar dit zijn niet echt kinderen,' zei Karin een beetje paniekerig. 'Mogen we onze ouders nu weer terughebben, alstublieft?'

'Nou ja zeg,' zuchtte juf Wijs. 'Eerst willen jullie tovenarij, en dan ineens niet meer.' Ze haalde het flesje VISSEN-poeder uit haar zak, stond op en strooide de inhoud over de zeven kinderen uit. 'REDEOP-NESSIV! REDEOP-NESSIV!' mompelde ze.

Weer klonk er luid gezoem en weer werd de kamer met een dichte mist gevuld.

'...het is allemaal een boel onzin, als je het mij vraagt.' Dikkies vader, zo groot als hij altijd was geweest, stond tussen de ouders.

Meneer en mevrouw Smid staarden elkaar verbaasd aan. Ze hielden nog steeds elkaars hand vast. Langzaam verscheen er een glimlach op hun gezicht.

'Ik bedoel, zo'n verdraaid schrift zal toch niets aan de situatie veranderen,' meende meneer Hendriks, terwijl hij zich tot de vier kinderen richtte. 'Waarom zitten jullie me zo aan te staren?' vroeg hij.

'Je vader was vroeger zo'n verlegen jongetje,' zei Jeroen. 'Ik vraag me af waardoor hij zo is veranderd.'

'Ik kan je dit vertellen, knul. Toen ik jong was, hield ik mijn mond dicht en bemoeide ik me met mijn eigen zaken,' antwoordde meneer Hendriks.

'Ja, papa,' grinnikte Dikkie. 'Natuurlijk deed je dat.'

Juf Wijs pakte haar schrift en stopte het terug in haar schoudertas. 'Een erg geslaagd experiment, vind ik,' zei ze rustig. 'Maar nu die schoolbazar.'

HOOFDSTUK VIJF

Hopla

Afgezien van het grote spandoek met de tekst 'S.O.S.! RED ONZE SCHOOL' dat over de draadafrastering om het schoolplein was gedrapeerd, was de bazar van de Sint-Barnabasschool net als alle andere.

Op een verhoging die voor de school was opgesteld, deed meneer Bertrand mededelingen door een microfoon. De vrouwelijke burgemeester, die de bazar had geopend, stond vlak bij hem en zag er groot en vorstelijk uit. Op de achtergrond zag je het staalgrijze hoofd van de ambtenaar van de onderwijsdienst van nerveuze gewichtigheid op en neer gaan.

'Waar blijft ze toch?' vroeg Jeroen, die met Dikkie naast de gebakskraam van mevrouw Teuling stond.

'Mm?' Dikkie nam een hap uit het broodje dat hij in zijn hand hield en begon langzaam te kauwen.

'Juf Wijs heeft beloofd dat ze zou komen,' zei Jeroen, het schoolplein afspeurend.

Dikkie slikte. 'Waarschijnlijk komt het door die man van haar. Hij leek niet erg blij te zijn dat juf Wijs een einde maakte aan haar pensionering.' Hij nam nog een hap van zijn broodje.

Jeroen keek hem aan en schudde zijn hoofd. 'Walgelijk,' mompelde hij.

'Uttisj sjtresj,' protesteerde Dikkie, waardoor hij Jeroen met kruimels bespatte. 'Wanneer ik gestrest ben, moet ik eten,' zei hij. 'En ik raak vooral gestrest als de broodjes van mevrouw Teuling in de buurt liggen.'

'Opzij! Opzij! Maak plaats! Maak plaats!' Op dat moment ontstond er tumult bij de schoolpoort. Juf Wijs, die een feloranje broekpak droeg, baande zich met haar kinderwagen een weg door de menigte.

'Hier, juf Wijs,' riep Jeroen.

'Oef, ik wist wel dat we beter hadden

kunnen vliegen. Het verkeer was verschrikkelijk.' Juf Wijs streek haar haren uit haar ogen. 'Bram komt wat later.'

Dikkie keek in de kinderwagen. 'Alles goed, Wout?' vroeg hij.

Wijsneusje tilde zijn kleine duimpje op en knipoogde.

'Laatste oproep voor de Mooie-Babyverkiezing,' zei meneer Bertrand.

'Oké dan.' Juf Wijs keek om zich heen en begon zachter te praten. 'Dit is het plan.' Ze stak haar hand onder het dekentje in de kinderwagen, haalde een paars schrift tevoorschijn en gaf het aan Jeroen. 'Jij geeft mijn schrift aan de ambtenaar. Hij leest het en – hopla!'

'Hopla?' zei Jeroen.

'Zodra hij eenmaal een kind is, is hij als was in je handen,' glimlachte juf Wijs. 'Kinderen doen altijd wat hen gezegd wordt.'

'Je kunt wel merken dat u nog niet zo lang moeder bent,' zei Dikkie.

'Maar waar gaat u dan naartoe?' vroeg Jeroen.

'Wij gaan de Mooie-Babyverkiezing winnen.'

'Jaaa!' Er klonk een klein stemmetje vanuit de kinderwagen. 'Wij gaan voor goud!'

'O, en dit zul je wel nodig hebben.' Juf Wijs stak haar hand in haar zak en haalde er een klein flesje uit. 'Als je een einde aan de betovering wilt maken, moet je gewoon het poeder over het hoofd van de Ambtenaar strooien en 'VISSEN-POEDER' achterstevoren zeggen. Dat is "REDEOP-NESSIV".'

'REDEOP-NESSIV,' herhaalde Jeroen, die zijn best deed om de toverspreuk te onthouden.

45

'Maar dit is belachelijk, juf Wijs,' zei Dikkie wanhopig. 'U bent degene die een Paranormale Arbeider is, niet wij.'

Juf Wijs haalde hulpeloos haar schouders op. 'Beloofd is beloofd,' was haar antwoord, terwijl ze de kinderwagen de kant op draaide waar de andere moeders en baby's stonden.

'U wordt bedankt, juf Wijs,' mopperde Dikkie toen ze haar nakeken. 'Hoe zorgen we er nu voor dat de ambtenaar van gedachten verandert?'

Jeroen tikte op het puntje van zijn neus, een duidelijk teken dat hij een slim idee kreeg. 'Beloofd is beloofd,' zei hij zachtjes. 'Oké, Dikkie. Dit is wat we gaan doen…'

Even later liepen ze naar de verhoging, waar de ambtenaar naast meneer Bertrand zat.

'Peter, Jeroen.' Het schoolhoofd glimlachte hen toe. 'Hoe vinden jullie de bazar?'

'Heel erg leuk,' antwoordde Jeroen. 'We hebben een cadeautje voor de ambtenaar.'

'Een cadeautje?' De ambtenaar draaide zich langzaam naar hen om.

'De vijfde klas wilde haar excuses aanbieden voor de onderbreking van uw toespraak vorige week,' zei Dikkie met zijn liefste stem.

De ambtenaar wendde zich tot meneer Bertrand. 'Misschien had u gelijk over die klas,' mompelde hij. 'Soms lijken ze bijna menselijk.'

Meester Bertrand kneep zijn ogen wantrouwend tot spleetjes samen. 'Eerst zien, dan geloven,' zei hij.

'Waar is dat cadeautje voor mij dan?' vroeg de ambtenaar.

'In het klaslokaal, meneer,' antwoordde Jeroen met een onschuldige glimlach. 'Zullen we u ernaartoe brengen?'

Ietwat van zijn stuk gebracht volgde de ambtenaar Jeroen en Dikkie het schoolgebouw in, de gang door en het lokaal van de vijfde klas in. Terwijl Dikkie de deur achter hen dichtdeed, legde Jeroen het paarse schrift stiekem op een van de tafeltjes.

'Ah, hier is het, meneer,' zei hij. Hij pakte het schrift weer op en gaf het aan de ambtenaar.

'Dit is ons klassenproject,' legde Dikkie uit. 'Het gaat over de dingen die we hebben meegemaakt toen we in de derde klas zaten. We hebben het *Abracadabra* genoemd.'

'Wat een grappige titel.'

'Dat wordt in het schrift uitgelegd, meneer,' zei Jeroen. 'Misschien wilt u het even lezen.'

De ambtenaar opende het paarse schrift en keek naar de eerste bladzijde. Binnen enkele seconden klonk er gezoem in de klas en hing er een dichte, verstikkende mist.

Toen de mist optrok, was de ambtenaar

verdwenen. Op zijn plaats stond een klein jongetje met een keurige scheiding in zijn haar.

'Hallo,' zei hij met een verlegen glimlach. 'Ik heet Patrick Achterberg. Mijn vrienden noemen me Pat.'

'Hoi, Pat,' zei Jeroen.

'Kennen we elkaar?' vroeg het jongetje.

'Eh, niet echt,' antwoordde Dikkie.

Jeroen ging aan een van de tafeltjes zitten en slaakte een lange, diepe zucht. 'We hebben *zo'n groot* probleem, Pat,' zuchtte hij bedroefd. 'Een vreselijke man heeft ons verteld dat onze school moet sluiten.'

'O jee,' zei Pat.

Dikkie liet zich droevig op een stoel aan het tafeltje ernaast neerzakken. 'We worden allemaal naar een andere school gestuurd, vol met jongens en meisjes die enorme pestkoppen zijn,' snikte hij.

'O jee o jee,' zei Pat. Zijn mondhoeken zakten naar beneden en zijn kin trilde.

'Onze leraren worden allemaal ontslagen en de gebouwen gesloopt,' jammerde Jeroen

zachtjes. 'Alles weg... onze spelletjes, onze vriendschappen, ons bijzonder voetbalteam.' Hij staarde uit het raam. 'En we waren nog wel zo gelukkig hier.'

Pats ogen schoten vol tranen. 'Hou op, hou op, ik kan er niet tegen,' snikte hij. 'Kon ik maar iets doen.'

Dikkie schudde zijn hoofd. 'Het enige wat je kunt doen is beloven dat je, als je later groot bent, je nooit iets te maken zult hebben met de sluiting van een school zoals deze.'

'De sluiting van een school?' Pat keek geschokt. 'Waarom zou ik daar iets mee te maken krijgen?'

'Beloof het nu maar gewoon, alsjeblieft,' zei Jeroen.

'Oké oké, ik beloof het. Dat is iets wat ik absoluut nooit zal doen.'

'Dank je, Pat.' Met het flesje VISSEN-poeder in zijn hand stond Jeroen op. Hij strooide een beetje van de inhoud over het keurige haar van het jongetje. 'VIS MES ROEP DOP,' zei hij.

Er gebeurde niets.

'Eh, SENSIV PROEDE?' probeerde Jeroen.

'Wat ben je aan het doen?' vroeg Pat.

'Het is REDEOP-NESSIV,' zei Dikkie, 'REDEOP–' Voordat hij het woord helemaal had uitgesproken, hing er weer een dichte mist in de klas.

Toen die optrok, stond de ambtenaar op de plek waar Pat een paar seconden daarvoor had gestaan. 'Waar waren we gebleven?' Hij wreef door zijn ogen en ontdekte tot zijn verbazing dat de rug van zijn hand nat van tranen was.

'We zaten uit te leggen wat een bijzondere school Sint-Barnabas is,' antwoordde Jeroen. 'Al onze vrienden... We zijn allemaal zo gelukkig hier.'

De ambtenaar fronste zijn voorhoofd. Hij leek zich vaag iets te herinneren.

'En dat u het soort persoon lijkt dat nooit iets te maken zou hebben met de sluiting van een leuke school zoals deze,' zei Dikkie. 'Dat was iets wat u absoluut nooit zou doen.'

De ambtenaar knipperde met zijn ogen en keek om zich heen alsof hij het klaslokaal voor het eerst zag. Daarna staarde hij naar

het schoolplein, waar drommen blije
kinderen, ouders en leraren waren. 'Ik heb
ooit een belofte gedaan,' fluisterde hij.

'En beloofd is... beloofd,' zei Jeroen.

'Je hebt gelijk.' Met het schrift van juf Wijs
onder zijn arm liep de ambtenaar langzaam
naar de deur. 'Beloofd is beloofd. Misschien is
het nog niet te laat.'

'Zet 'm op, Pat,' moedigde Jeroen hem aan.

Aarzelend bleef de ambtenaar bij de deur
staan. 'Pat? De laatste keer dat ik zo
genoemd werd, zat ik nog op school.'

'Erg leuke naam,' vond Dikkie.

'Dank je.' De ambtenaar verliet het lokaal. Hij schudde zijn hoofd alsof hij zojuist iets heel vreemds had beleefd.

Door het raam keken Jeroen en Dikkie toe hoe de ambtenaar de verhoging op stapte en de microfoon pakte. 'Ik heb een mededeling,' zei hij. 'Het gaat over de Sint-Barnabasschool...'

Een paar seconden later weerklonk er gejuich op het schoolplein.

Jeroen en Dikkie renden over het schoolplein en vonden juf Wijs en Wijsneusje bij de ingang.

'Het is gelukt!' riep Dikkie.

'Het werkte!' lachte Jeroen, die met het flesje VISSEN-poeder wuifde.

'Welkom in de wereld van de tovenarij.' Juf Wijs stopte het flesje glimlachend terug in haar tas.

'Tss, nu vindt ze tovenarij wel leuk,' mopperde Wouter luid vanuit de kinderwagen.

'Hoe is het met de Mooie-Babyverkiezing gegaan?' vroeg Dikkie.

Juf Wijs zuchtte. 'De burgemeester keek in de kinderwagen en zei: "Wat een mollig klein ventje is dat." Dus besloot Wouter om antwoord te geven.'

'Ik heb alleen maar gezegd dat ze zelf ook niet bepaald een stralend supermodel is,' mopperde Wouter. 'Wat is daar nu mis mee?'

'Hoi, Dolores.' Achter hen verscheen Bram Arens, de man van juf Wijs. 'Sorry dat ik zo laat ben. Heb ik iets gemist?'

'Dat zou je wel kunnen zeggen,' antwoordde Jeroen.

'Niet veel,' zei juf Wijs.

Ze werden onderbroken door mevrouw Hermans die een mededeling deed vanaf de verhoging. 'Er is een kind de weg kwijt,' zei ze, terwijl ze naar een klein, zes jaar oud jongetje in korte broek keek dat naast haar stond. 'Hij zegt dat hij Henry Bertrand heet.'

'Zo te horen heeft u er nog een lezer bij,' zei Dikkie zachtjes. 'Dat toverschrift van u heeft het schoolhoofd mee teruggenomen naar zijn kindertijd.'

Toverschrift?' Meneer Arens kneep zijn ogen tot spleetjes. 'Heb je weer zitten toveren?'

'Toveren? Ik niet.' Juf Wijs haalde een klein flesje poeder uit haar tas. Ze gaf haar man een kus op zijn wang en knipoogde toen naar Jeroen en Dikkie. 'Een schrijfster is nooit klaar met haar werk,' zei ze.